谨以此书献给：

　　我亲爱的叔叔黄义雨先生

　　我亲爱的婶婶谷金花女士

黄伟祥 著

BEI DOU SHI XUAN

北斗诗选

国际文化出版公司
·北京·

图书在版编目（CIP）数据

北斗诗选／黄伟祥著. — 北京：国际文化出版公司，2020.6
ISBN 978-7-5125-1201-6

Ⅰ.①北… Ⅱ.①黄… Ⅲ.①诗词－作品集－中国－当代 Ⅳ.① I227

中国版本图书馆 CIP 数据核字（2020）第 062585 号

北斗诗选

作　　者	黄伟祥
责任编辑	宋亚晅
封面题字	邬江弯
封面设计	鸿儒文轩
出版发行	国际文化出版公司
经　　销	全国新华书店
印　　刷	三河市华东印刷有限公司
开　　本	880 毫米 ×1230 毫米　32 开 8 印张　　　　　　　　100 千字
版　　次	2020 年 6 月第 1 版 2020 年 6 月第 1 次印刷
书　　号	ISBN 978-7-5125-1201-6
定　　价	42.00 元

国际文化出版公司
北京朝阳区东土城路乙 9 号　　邮编：100013
总编室：(010) 64271551　　　传真：(010) 64271578
销售热线：(010) 64271187
传真：(010) 64271187-800
E-mail: icpc@95777.sina.net
http://www.sinoread.com

经天纬地物动必是天才（序言）

◎蔡镇楚[1]

当代青少年都喜爱诗歌，诵读诗歌，读唐诗，读新诗，一个个读得津津有味，但未必能体味古往今来的诗歌韵味与审美境界。

问世间"诗"为何物？每一个人都有自己的解释，如同"问世间情为何物"一样，直教人生死相许。你看唐人对"诗"的认识与理解而做的文化阐释，僧贯休《诗》一诗所云：

经天纬地物，动必是天才。
几处觅不得，有时还自来。
真风含素发，秋色入灵台。
吟向霜蟾下，终须神鬼哀。

---

[1] 湖南师范大学文学院教授。

僧人贯休认为，诗乃是经天纬地之物，故意觅诗反而不得，一旦有灵感，写出的诗就能使神鬼为之哭泣。诗人白居易写诗，关注国计民生，关注社会生灵与民间疾苦，写《卖炭翁》，写《琵琶行》，通俗易懂，传播到洛阳，"洛阳纸贵"，传播到朝鲜半岛，争相购买，使"白傅名重鸡林"。那么这样一位写实诗派的大家，他认为"诗为何物"？白居易有《一字至七字诗》诗云：

诗。
绮美，瑰奇。
明月夜，落花时。
能助欢笑，亦伤别离。
调清金石怨，吟苦鬼神悲。
天下只应我爱，世间唯有君知。
自从都尉别苏句，便到司空送白辞。

这首双宝塔诗，是唐人的诗学观念与审美情趣的典型代表。在唐人的心目中，"诗"是经天纬地之物，是足以惊天地泣鬼神之物，是人世间表达爱与知、离情别绪的绮美瑰奇之物。

诗是社会现实生活的诗化，是治国经济策论的诗化，是历史风云与政治时事的诗化，是民族文化心灵、气质、性格与美学精神的诗化；诗是中国人艺术生命中的常青之树，是人类共同追求的"真善美"的理想境界的净化和升华。

而今，曾是文学院1998年毕业学生黄伟祥君，将一叠《北斗诗选》发送给我，因出版在即，求老夫为之序言。黄伟祥，一个诚实而又聪明、憨厚而又伶俐的青年。他出生于湘南的宜章县，那里是朱德、陈毅领导的湘南起义的地方，革命前辈的红色基因，在他的血液里注入了太多的革命传统因子，铸造了太多的湖湘文化精神。他继承湘学"经世致用"的传统，毕业论文题为《湖南人才的三次崛起》，指导老师是毛宣国教授，可见他对湖湘历史、人才与民生的关注。毕业后，他并未囿于汉语言文学专业，无论是当记者、编辑，无论是跨行业文化的传播，他都孜孜不倦以求之，特别是进入"大国医道中医药发展论坛"，他如鱼得水，游刃有余，做得风生水起，表现出我师大中文专业学子无尽的创新力与无穷的潜在创造力。事工之余，他不忘初心，笔耕不辍，展现出对文学境界始终如一的执着追求。

我翻阅他的诗稿，卷一名《楚鉴》，为古诗；卷二名《旌察》，为新诗。古诗之简略，新诗之韵律，合而为《北斗诗选》。严格地说，以古典诗词格律而言，卷一古诗尚乏格律的严密性，好在他只是"古诗"，而非言"格律诗"。总体而论，其中洋溢于诗歌中的抒情言志、纪实行旅、感悟人生，均以自记之，自省之，自得之，自叹之，自敏之，自新之，自娱之，自乐之，皆为可取可读，可赞可叹！期盼伟祥君能够为事业，为创作，为国计民生，为中华民族优秀文化，为实现中国梦的壮阔图景，奕世载德，不忝前贤，精进不懈，百尺竿头，更进一步，无愧于这个伟大的新时代。

区区记言,言不尽意,岳麓云霞,湘江日月,红叶寄书,北斗传真,师心可鉴。是为之序也。

2019 年 11 月 10 日于岳麓山石竹山房

人与物构筑的诗学之美（序言）

◎冰　洁[①]

诗歌在我国很发达。孔老夫子说："诗，可以兴，可以观，可以群，可以怨。"他还说："不学诗，无以言。"他的这些话语，不仅阐释了诗歌非凡的特质，还折射出诗歌有着无与伦比的审美功效——读之可以娱目，吟之可以娱耳，品之可以娱心。

这些年，我写过很多诗，也结识了众多文朋诗友，主动阅读诗歌和非主动阅读诗歌的情形，都有。读得多了，自然就会遇上给我视觉上以冲击、心灵上以震撼的诗歌作品，引导我继续阅读下去，并为之乐此不疲，且反复回味。

出生于湖南宜章的黄伟祥，就是我众多诗友当中的一名诗坛骁将。他头衔颇多且身兼众职，实属工作繁忙，但他仍然热

[①] 冰洁，著名词作家，文艺评论家，现为澳门传媒集团执行总裁，《澳门晚报》《澳门晨报》和《粤港澳大湾区报》执行总编辑。中央电视台春节联欢晚会7位著名湖南籍词作家之一，其励志故事《词作家冰洁：让梦想开花》，已编入课外阅读教材《初中语文（漫阅读）》（八年级上册）。

衷于诗歌创作，产量惊人，成绩骄人。他的诗歌创作，有一定的独特性、稳定性，不跟风、不媚俗，以人与物巧妙搭配，构筑大千世界的诗学之美。

伟祥兄创作的诗歌，大致可以分为两大类：古体诗和新诗。

古体诗：内涵丰富　情感真挚

《北斗诗选·楚鉴》（第一卷）浓缩了诗人黄伟祥文学创作的精华部分，内容涵盖了古诗、词、赋。这些情感之作，有对生活的敏感，有对心灵的透析，有对生命的敬畏，更有为家国担当的情怀，可谓是林林总总，包罗万象。作者的这些情感，"在心为志，发言为诗"。在作诗的同时，他并不是僵硬模仿生活，而是提炼生活，熔铸自己对生活的体验与思考，力求做到诗句的新意与深意，以人和物构筑诗学之美，张扬人间大美、大爱。

他在诗歌《戊戌仲夏滇京智要》中写道："闻香，听雨，夜禅。北平，大理，子归。书静，树倦，滇语。"这是一幅多么绚丽的生活图景，这是一种多么悠闲的生活情趣！

全诗语言通俗、凝炼不加修饰，平淡自然，却神韵盎然。

新诗：平中见奇　俗中寓雅

《北斗诗选·旌察》（第二卷）收集了诗人黄伟祥多年以来所创作的新诗。这些新诗，纵横捭阖，气势恢宏，内容同样有作者对家国的热爱，有对历史名人、历史事件的缅怀与追忆，有对山水名胜的感悟和思考，也有对亲人朋友的真情实感。作者凭着自己的娴熟写作技巧以及对情感的准确把握，却能把平常的诗句写得平中见奇、俗中寓雅，足见作者文字功底之深厚，思维之缜密。

诗人黄伟祥大手笔写小题材的诗歌作品，也占据了一定的篇幅。从表现手法来看，有的力图融古今中外诗歌之长，有的着意向古典诗词和民歌学习，继承"感物咏志"的传统，体物托喻、比附象征，让读者从"象外象"里去体悟其"味外味"。

他在诗歌《秋天的荷花》中这样描写："假如我已告别了这个世界，我该哪里前行？灵魂的归宿又在哪里？"这就是思想的物化，作者以"荷花"自喻，以"形"写"神"，巧妙地将"荷花"的物理特性凝聚、融合、升华为具有独特感受经验的艺术世界。

伟祥兄是一个积极进取、不断学习的人，加上他有一颗强健的内心，且又有对人生与现实的多向度的深入思考，一定会写出更多更好的有力度直抵灵魂的诗歌作品，让更多读者分享他以人与物构筑的诗学之美。

前　言

此去经年沉醉中医，大国医道任重道远。余不畏艰烦，静重潜观而笃实践行。自受命编撰《黄氏圈论秘笈》书稿后，本来日夜兼程，闭门谢客，竟，辞家、忘友、拜师、临卷，而茶饭不思。然，乐在其中穷达兼济。

吾之手稿，多为忙里偷闲有感而发，口占、随笔涂鸦而成，精雕细琢反复推敲之时少之又少。察，往常多数诗稿，散忘，甚了；常，惜之叹也；继，又失之散之，一笑了之。诗者，乐也，平常心也。

今，有好友加持。她在关注本人的微信之时，还用心整理出近年创作的三百余件诗稿。收到此君发来的诗稿时，甚为感动，既惊诧又感慨。此君所为，言谢必尊。然，强令勿提，实为君子乎？

"楚鉴"者，处境也。"旌察"者，慎行也。故，初选新诗一篓、旧体诗一缸，一花五叶，各表一枝。旧体诗，乃云《北斗诗选：楚鉴（第一卷）》；新诗选，乃曰《北斗诗选：旌察（第二卷）》。余，浪迹媒体多年，文朋诗友不少。拙作出版之日，恭请大家、大德、评论家等诸君斧正赐教，勿忘批评之，鼓励之，笑纳之，传播之。

诗之乐而乐诗人之见与君共鸣，进似遇知音，退似识根器。诗人之趣而趣之爱好也，距功名，离雅俗，来之天意，去之释怀。故，诗书有意觅人杰，洞察世事诗自狂。古今中外知音在，宛若星辰照未来。

公元论坛之诗言志，实为趣；诗言趣，且为自序。

己亥年 寒船斋主人于公元书院
2019年11月9日

目录 CONTENTS

经天纬地物动必是天才（序言） /蔡镇楚　　001
人与物构筑的诗学之美（序言） /冰　洁　　005
前　言　　008

北斗诗选·楚鉴（第一卷）

1. 六祖坛经　　003
2. 解甲归田　　004
3. 武术家杜心五　　005
4. 在禅中　　006
5. 钟　灵　　007
6. 孙立人故居　　008
7. 晓园初雪　　010
8. 九羽寄蓬勃　　011
9. 茅台镇之杭州　　012
10. 玉兔开门　　013
11. 申城之黄浦　　014

12. 秋　风	*015*
13. 秋　鉴	*017*
14. 前　海	*018*
15. 弥勒佛	*019*
16. 竹　林	*020*
17. 北斗闸阁	*021*
18. 武汉首义	*022*
19. 梅王寨	*023*
20. 木棉花	*024*
21. 瑶岗仙	*025*
22. 草药堂	*026*
23. 立　春	*027*
24. 坐　禅	*028*
25. 故在何方	*029*
26. 天　路	*030*
27. 登广州镇海楼拜湘军	*031*
28. 梦回香格里拉	*032*
29. 闻熹寄语	*033*
30. 深圳渔村榕树	*034*
31. 听　雷	*035*
32. 鹦鹉洲	*036*
33. 祝圣寺	*037*
34. 搏沧海	*038*
35. 雄　狮	*039*

36. 将进酒	*040*
37. 七彩云南	*041*
38. 对　联	*042*
39. 尚书房	*043*
40. 故　园	*044*
41. 滇池倘干否	*045*
42. 云湘高铁巡天地	*046*
43. 史　醉	*047*
44. 坐景观听	*048*
45. 千里走单骑	*049*
46. 江夏赋	*050*
47. 深夜鉴雨	*051*
48. 归田赋	*052*
49. 未　央	*053*
50. 蓬　勃	*054*
51. 谷　雨	*055*
52. 女　侠	*056*
53. 御湖城	*057*
54. 宜昆铁遇	*058*
55. 纪念汶川地震十周年	*059*
56. 雁栖湖	*060*
57. 日出东方	*061*
58. 戊戌仲夏滇京智要	*062*
59. 无　常	*063*

60. 问　天　　　　　　　　　　　　　064

61. 寒船斋　　　　　　　　　　　　065

62. 夜鼠师兄　　　　　　　　　　　066

63. 我心光明　　　　　　　　　　　067

64. 遵义会议瑞雪罩青松　　　　　　068

65. 天沙净·大雪　　　　　　　　　069

66. 止　语　　　　　　　　　　　　071

67. 戊戌滇见小雪　　　　　　　　　072

68. 船山公王夫之　　　　　　　　　073

69. 岳王亭　　　　　　　　　　　　074

70. 建水文庙之杏坛　　　　　　　　075

71. 怀念金庸先生　　　　　　　　　076

72. 夜仰神农安仁怀古春分　　　　　077

73. 自卑亭感怀　　　　　　　　　　078

74. 一苇渡河　　　　　　　　　　　079

75. 洗　月　　　　　　　　　　　　080

76. 南疆听雨　　　　　　　　　　　081

77. 慕　荷　　　　　　　　　　　　082

78. 编撰《黄氏圈论秘笈》有感　　　083

79.《黄氏圈论》赋　　　　　　　　084

80. 筑　巢　　　　　　　　　　　　085

81. 融城赋　　　　　　　　　　　　086

82. 冬　渔　　　　　　　　　　　　087

83. 冬　至　　　　　　　　　　　　088

84. 猴年记 *089*

85. 中国永兴摩崖石刻《金刚经》赋 *090*

86. 长宁雄起 *093*

87. 屈原九章 *094*

88. 吾一日三笋 *097*

89. 磨镜台 *098*

90. 易经之鸡卦考 *099*

91. 莲花颂 *100*

92. 致七七抗日的英魂 *101*

93. 西南联大 *102*

94. 中国品牌日《广州宣言》 *103*

95. 赏　月 *104*

96. 观　海 *105*

97. 如梦令·金顶 *106*

98. 自　勉 *107*

北斗诗选·旌察（第二卷）

1. 致冰山的雪灵芝 *111*

2. 山道弯弯 *113*

3. 解甲归田 *115*

4. 西晋古寺 *117*

5. 枫丹白露 *118*

6. 台湾行之日月潭 *119*

7. 乌发　白发 *120*

8. 珠海之珠 … *122*

9. 故　乡 … *123*

10. 南海底的铜官瓷 … *124*

11. 海碗吃茶 … *125*

12. 生命的跑场 … *126*

13. 觅　曦 … *127*

14. 立春之花 … *129*

15. 如是我闻 … *130*

16. 破土的奇迹 … *131*

17. 湘军水师 … *133*

18. 都市牧马 … *134*

19. 春　潮 … *135*

20. 秋斋品书 … *136*

21. 莽山那棵树 … *137*

22. 土砖土瓦 … *139*

23. 鸟　巢 … *141*

24. 父　亲 … *143*

25. 书　房 … *145*

26. 我的边城 … *146*

27. 生命的赞歌 … *147*

28. 问　天 … *149*

29. 雪　莲 … *150*

30. 万胜围 … *151*

31. 夜遇边城 … *152*

32. 陀　江	*153*
33. 五　四	*154*
34. 夜宴之一	*155*
35. 夜宴之二	*156*
36. 夜宴之三	*157*
37. 水	*158*
38. 根	*159*
39. 三千里	*160*
40. 轮　回	*161*
41. 朽木亦可雕	*162*
42. 杀贼捉鬼诗	*164*
43. 民族的脊梁	*165*
44. 怀念伍大希先生	*166*
45. 秋天的荷花	*167*
46. 向日葵	*168*
47. 致品牌人	*169*
48. 中国甲子2017年	*170*
49. 九牧山	*171*
50. 胜利堂	*172*
51. 未来已来	*173*
52. 牧　春	*174*
53. 今夜子时	*175*
54. 宜　春	*176*
55. 轮　回	*177*

56. 回到拉萨	*178*
57. 观自在	*179*
58. 梵　音	*180*
59. 大国医道	*181*
60. 冬天的鱼子	*182*
61. 母　亲	*183*
62. 自卑亭	*184*
63. 怀念胡隧先生	*186*
64. 在路上	*187*
65. 千年铁马	*188*
66. 五四运动	*189*
67. 致山泉	*190*
68. 朝　圣	*191*
69. 建　水	*192*
70. 常　住	*193*
71. 夫妻树	*195*
72. 赤石洞	*196*
73. 耕　牛	*198*
74. 油　画	*200*
75. 大　理	*201*
76. 丽　江	*202*
77. 香巴拉	*203*
78. 香格里拉	*204*
79. 树　叶	*205*

80. 沧　源	*206*
81. 长沙火车站	*208*
82. 岩塔寨	*209*
83. 龙禅悟道	*210*
84. 夜半听涛	*211*
85. 出差回来的阳台	*212*
86. 悼念慈母	*213*
87. 长　江（节选）	*214*
88. 唐　朝（节选）	*216*
89. 洞庭湖（节选）	*218*
90. 布达拉宫（节选）	*219*
91. 致大姐黄智贤	*222*
92. 赤　石	*224*

诗语在兹，远方不远　/ 黄仁泽	*225*
后　记	*227*

北斗诗选·楚鉴

(第一卷)

1. 六祖坛经

昨夜转辗呼南门,
闻香静坐隆中对。
观海听涛觅东山,
天下寒士知天否?

2. 解甲归田

卷帘旭日升,
露珠天地醉。
寒门护祖庭,
谁来定乾坤?

3. 武术家杜心五

一

昨夜书斋醉,感慨湖南人。
多少豪杰去,尘土掩碑文。

二

拾步听阶音,虫啼鸟悦鸣。
幽径蛛丝网,阳光晨风爽。

三

今游凤凰山,空山无一人。
黄土一卧岗,惊现武侠墓。

四

多少风流空门转,惊乎往事不堪问。
一世英名褒贬之,还有谁在问前程?

4. 在禅中

一梦童年在,
今夕是何年。
牧歌桃花源,
不闻魏晋声。
晨曦静谧语,
对歌无少年。
前海观潮岛,
飞鸽寄诗书。

5. 钟 灵

丙申寒冬听虎啸,
一曲隆中寄沧海。
山人负笈渡江湖,
一苇塞上登昆仑。

6. 孙立人故居

立人难于上青天，
青天直上九重天。
故国何日不低头，
唯有铮铮铁骨愁。

故人一去老屋守，
新人一来叹灵丹。
屈原岳飞孙立人，
留有血书记后事。

多少风云煮岁月，
江山如画铁血着。
一曰风流谓雄才，
为有风骚万人朝。

万古长廊风流着，
此生何日刻功名。

风流人物叶如秋,
九重天上日月羞。

7. 晓园初雪

晓园如春白雪降,

八仙夜访如梦酬。

九九重阳躬奉化,

五岳聚首少台湾。

8. 九羽寄蓬勃①

良田济旱舟,
秋雨洗驿站。
九龙鲲鹏肇,
蓬勃玉溪来。

风雨父子连,
愿他长羽毛。
九江练浮漂,
三伏识五谷。

粗茶煮世事,
千里观沧海。
但有立锥地,
诗书伴人生。

(于昆明寒船斋作)

---

① 8月1日是犬子九岁生日。"但有立锥地,诗书伴人生"。一个父亲的愿望,寄墨留家书,此贺亦勉之。

9. 茅台镇之杭州

九月初九杭州聚,
茅台沽酒灌天山。
昨夜贪杯五湖醉,
四海归来姜尚酒。

10. 玉兔开门

秋来雁南飞,
郭廖惠能道。
梅州莲花开,
七祖何时归。

11. 申城之黄浦

海上如庭升明月,
天下似舟日月明。
但有山头获源水,
哪有山泉问奔流。

12. 秋 风[①]

一

秋风一恕到京杭,
杜甫南下寄寒窑。
哪来木匠登天坛,
举世皆知敬白石。

二

昨夜遗梦到天山,
杜鹃啼血四海愁。
江山代有人才出,
但愿仁济酬益州。

三

沧海一笑五百年,
是有知音寄长笛。

[①] 今丙申秋月,天乌地湿,寒气南袭。子夜闲书,方生方死,是悟非悟,乃诗乃辞。晨曦亘古,三世长修,如歌如酒,亦艰亦甘。故风雨兼程只问耕耘不言金秋。湘府茶壶小记偶思随笔。

善化书亭千年雪,

清江一脉楚材仰。

13. 秋 鉴

旭日东升百鸟疯,
鸟语句句警世钟。
多少楼台献媚娘,
商女有幸亡国寒。

读史难鉴沧海泪,
沧海无泪干桑田。
谁说百年著风流,
又到中流数九州。

14. 前　海

一苇渡江远洋中，
三千里外觅侯封。
塞上杭州寄五洲，
前海博览万国酬。

15. 弥勒佛

蒋公一梦五代人,

多少楼台念旧音。

青山未老千丈崖,

原有弥勒笑开怀。

16. 竹 林

吴湘布成君,
天堂在人间。
春申楚江东,
万物会稽守。

17. 北斗阐阁

昨夜封酒观北斗,
禅茶戒定送婵娟。
浏阳河畔渔歌早,
十里稻香入梦来。

18. 武汉首义

逝者魂安故,
语迟故人磨。
红楼镜一梦,
三镇无肝胆。

19. 梅王寨[①]

蓬莱花仙子,
沉醉梅王寨。
冬域冰清洁,
夏来鸟语长。

[①] 应安化县梅王寨寨主宁大成兄赏梅之邀而作。

20. 木棉花

南国烟雨芭蕉翠,
中山腾跃闪电驰。
泉声满堂无余业,
木棉斑烛似锦绣。

21. 瑶岗仙

敬吾山水兮,
琼浆乳天地。
苍穹白云兮,
八仙夜梦来。

22. 草药堂

凤在巢中何涅槃,
家有草堂开药方。
夜渡清庭藩国竹,
唯有廉溪救江山。

23. 立 春

紫鹊银裹千层雪,

万物禅修般若岸。

旭日东升楚春立,

福田广种降祥云。

(寒船斋主人丙申立春拜撰于书房)

24. 坐　禅

重归山林忘江湖，
缟素三载结草庐。
骨肉分离魂相守，
且听松涛回渔亭。

25. 故在何方

人生如幻影,
常住归云来。
月悬崖松照,
睡莲彼岸冰。

26. 天　路

茅草满天石亭照，
光复春秋来时道。
又见海峡两岸炊，
多少往事还记否？

幼时玩伴石亭眺，
满目荒凉行人少。
人到江南半夜寒，
多少往事曾记否？

镇海楼上石亭笑，
夜雨江湖残烛留。
箭在弦上夏至归，
多少往事曾记否？

27. 登广州镇海楼拜湘军①

五百年故侯安在,
镇海楼前拜湘军。
读此佳联妙高峰,
平生壮志何日酬。

---

① 彭玉麟(1816—1890),字雪琴,湖南衡阳人,早年随曾国藩创办湘军水师,与太平军作战,屡建战功,又办洋务,官至兵部尚书。1883年中法战争爆发,主战派彭玉麟于1885年奉命广东督师抗法,登镇海楼,亲书自撰联:"万千劫危楼尚存,问谁摘斗摩霄,目空今古;五百年故侯安在,使我倚栏看剑,泪洒英雄。"此联被誉为广州第一名联。

28. 梦回香格里拉

一梦千年醒,
人间多少春。
佛陀莲三界,
金刚般若修。

29. 闻熹寄语

喜闻天下妙文章,
节节高升竹海翠。
良德南岳千年寿,
缘有家声万里传。

30. 深圳渔村榕树

一夜五百里,
只为春芽醉。
纵横松间照,
明月虎泉飞。

31.听 雷

昨夜听雷润沧海,
春雨纷飞访三湘。
多少情怀一行泪,
人在红尘九泉深。

谨以诗书寄慈母,
慈母此去般若度。
永生欢喜无忧愁,
极乐世界灵芝鹿。

去年昨日陪家父,
南岳祭母登高台。
衡山松柏万年青,
江夏黄童传家训。

32. 鹦鹉洲

一曲江南琵琶会,
两江相汇种福田。
三生万物降祥云,
四维八德九天飞。

33. 祝圣寺①

卧佛南岳灯,
祝圣语禅寺。
睹物春来早,
心桥济吾舟。
湘府书房灯,
天山夜雨伞。
一去俗缘了,
本来自清静。

---

① 丁酉初四素归、悟道、本来礼佛。

34. 搏沧海

湘府正午日高悬,
夜到禅房北斗照。
蓬莱春风万物生,
四海归心万国朝。

35. 雄　狮

芙蓉国里尽春晖,
一枝红梅报春来。
雄狮笑戴大红花,
拾阶有声四水长。

36. 将进酒

醉看两岸携手来,
团圆才是春节到。
再祭甲申三百年,
华夏又到上坡时。

（昨夜看《换了人间》有感，口占随笔。北斗于寒船斋书）

37. 七彩云南

蓬莱云鹤南国冰,
七彩孔雀卢湖鸣。
又是琼宇傲骨洁,
天道轮回写天书。

晨曦禅坐滇池寒,
却把丹心暖隆冬。
虹桥长卧彼岸雄,
多少甘露著琼浆。

昔日蔡锷三千众,
却把帝制仰天送。
滇尚惊爻潇湘守,
不可大意忘春秋。

38. 对 联[①]

湖南自卑亭,

云南极高明。

岳麓赫曦台,

会泽天下公。

[①] 读毛泽东七律和周世钊《登赫曦台》有感。忆之,录也,勉己。晨咏:"春江浩荡暂徘徊,又踏层峰望眼开。风起绿洲吹浪去,雨从青野上山来。樽前谈笑人依旧,域外鸡虫事可哀。莫叹韶华容易逝,卅年仍到赫曦台。"

39. 尚书房

丙申冻年关,
漫步岳麓山。
俯首揽湘江,
万家灯火暖。
故人何时归,
周公辞岁征。
温酒尚书房,
大鹏出海关。

(丙申年末访岳麓书院院长朱汉民先生)

40. 故　园

真空住妙来,
佛渡有缘人。
风云百年事,
峥嵘岁月藏。

41. 滇池倘干否

昨夜滇池醉,
他乡遇故人。
会当南国春,
鹤舞云贵天。

42. 云湘高铁巡天地[①]

雾笼穹庐云贵秀,
五百年来赛江南。
银装奔腾万里霜,
二十四史田园归。

砥砺前行思故乡,
却有山水伴行程。
且看窗外银装裹,
沿途古村数当归。

---

① 谨以小诗思念生我养我的地方。

43. 史 醉

今夜寒风起,

挑烛夜读书。

三国白儒煮,

何日去国忧?

44. 坐景观听

如是我闻无常住，
如如不动观自在。
五蕴皆空真妙有，
回向如来云集祥。

45. 千里走单骑

滇池一去八百里，
好运蔡公三千兵。
身无分文修长城，
且把蹉跎自卑亭！

（辞家赴南疆，千里走单骑）

46. 江夏赋

　　天下大势，其兴其勃，人才至圣。天地人道，兵武医杂。取一中八方而察古今中外。揽四大文明古国之先贤，究诸子百家之齐鲁，探华夏文明矩阵之儒释道，礼近现代民族脊梁之潇湘，无不星若灿烂人才辈出而彪炳春秋。

　　夫江夏之声日月明。江夏儿女，功勋流芳。黄帝、黄歇、黄香、黄庭坚、黄兴、黄旭华无不家国在肩，功在千秋。今日中国，盛世当立。华夏一脉，江夏望族当举贤、育才、建功、兴业，以利天下。为往圣继绝学，共举天下大同。

47. 深夜鉴雨

滇尚夜雨弹云曲,
点点滴滴画江南。
又是黎明岐黄老,
大柔非柔至无刚。

48. 归田赋

鹅峰拥翠汤雪雾,
坤山晨冉小樵歌。
紫盖浮云笋凌空,
笔架回澜龙河渡。
仰山积声袁山耸,
化成晚钟印庐州。
钓台烟雨春晓越,
南池涌珠飞瀑谷。
白鹿仙踪龙虎山,
西山留醉百花洲。
鹅湖会讲豫章书,
梅关古道蠡渔歌。
腾阁晓风东湖月,
印石斋里新田岸。

49. 未 央

未央此去丝绸路,
来时萧何汉唐着。
宜春状元九环曲,
胜游处处洛河图。

50. 蓬　勃

少年如我诗书迷，
书山有路五岳修。
但愿此君勤作舟，
学海无涯四海游。

51. 谷　雨

谷雨时节河柳飞,
杜鹃啼血牡丹争。
樱桃点将霜寒退,
万物舒展峥嵘醉。

52. 女　侠

红颜行书潇湘遇,
借问谷雨慰洞庭。
哪有仗剑挑夜灯,
比翼唐朝此君归。

53. 御湖城

山雨欲来剪悬壶，
唯有庐山辞济世。
但有佬表一根筋，
大善如苇渡九江。

去年今日访袁州，
温汤煮酒宿冰强。
夜来春雨迎访客，
日久他乡是故乡。

54. 宜昆铁遇

千年邂逅路悠悠,
一片冰心立千秋。
谁人背后有知音,
本来无物似如来。

55. 纪念汶川地震十周年

知春路上抖三抖,
多少花季少年愁。
十载如梭劫难去,
但有人间大爱来。

56. 雁栖湖

北国衔来泪,
一夜雁湖愁。
但有九舟同,
何必问修柳。

57. 日出东方

窃问江湖如翠竹,
枝枝叶叶棕关情。
阡陌纵横访燕州,
平如北,京朝都。
归去月落燕山坠,
来来往往何日醉。
辞修风雨亭柳絮,
独则善,达则济。

58. 戊戌仲夏滇京智要

闻香，听雨，夜禅。
北平，大理，子归。
书静，树倦，滇语。

59. 无 常

点烛祭故人，
夜雨无常声。
归去风雨送，
来时坐莲花。
独倚山门外，
伤感命无常。
愚钝事无根，
上禅敬国器。
何日清静归，
上报三重恩。
来生渡何人，
洗去名利沉。
洒上济苦海，
何日远忧愁？

60. 问 天

寒船斋里觅主人，古今中外，
多少英雄登泰山？
三马奔波滇湘赣，南下北上，
雁栖湖畔借雄安？
水木清华会新人，纵横阡陌，
岳阳楼上观海南？

61. 寒船斋

昨夜守书房,

禅坐听坛经。

洗心月更明,

朝露伴行程。

62. 夜鼠师兄

五鼠忘静坐,
且听闻梵音。
平常守初心,
不畏苦海修。

63. 我心光明

徘徊夏至九,
谁知茶沉浮。
当归喜夜露,
磨崖献岐黄。

洗心炼丹青,
陇上守熊胆。
谁言苹蓝路,
五岳在何方?

子夜煮三江,
非道安贫去。
传承大益在,
仁心寄光明。

64. 遵义会议瑞雪罩青松

百战归来访遵义,
多少肝胆照春秋。
不问东西青松寒,
戊戌甲子再变法。

65. 天沙净·大雪

一

枕上堆来千层雪，
万古寂寞报今生。
金顶还在圆圆去，
多少英雄留空名。

二

天沙净，夜沉沉，
燕州苔上琴弦断，
多少红尘空对月，
白雪葬故交；
虎始交，
风啸啸，
归来少年无字书，
一骑雪马循空门，
金刚送彼岸。

三

古来圣贤皆寂寞，

无我忘忧江山在。

高山流水凝冰居，

且把风情煮玉壶。

66. 止 语

风萧萧滇池鼎故,
无量静修思止语。
夜沉沉潇湘故鼎,
方兹在念品般若。

67. 戊戌滇见小雪①

小雪如梦烈日聚,
世博园里遇国医。
无非无乱无痴相,
戒慧定禅五台山。

---

① 小雪节昆明烈日,考察松花坝、小石坝和世博园。

68.船山公王夫之

潇湘无人送洞庭,
余波归来皆传说。
天若有意降楚才,
人间正道磨苍天。

69. 岳王亭

文远金樽祭先贤,
去去复观雄魂在。
甲子二十守文脉,
道亦长亭祭英魂。

70. 建水文庙之杏坛

大侠驾鹤飞幽州,
二十四史多宜章。
古茶花期三百年,
不是北大信杏坛。

71. 怀念金庸先生

飞雪连天射白鹿,
笑书神侠倚碧鸳!
愿世不扰尘和土,
不辞英雄天下平。

72. 夜仰神农安仁怀古春分

此生夜雨洗红尘,
故去人间三分天。
地无偏才人在志,
华佗再世任你行。

73. 自卑亭感怀

沧海一粟五百年,
再听人间无回音。
七十六载有国难,
国无自卑楚人忧。

74. 一苇渡河

北国雪封喉,
万山慈母泪。
江南闻喜鹊,
神农故国归。

75. 洗 月

嫦娥已囚五百年,
桂花无酒吴刚愁。
醉是无情皆寂寞,
了却人间那红楼。

昆明有雨月远离,
再读四卷访山谷。
神农有意种仙草,
天池无雨降良医。

76. 南疆听雨

此生如玉过南蛮,
玉在九天外;
此生藏空空如常,
长空当如黑天雨,
滴滴寒心头。

冰亦长空九,
九亦长空瘦,
生死怅寥廓,
那人还在天山中。
独却守,江湖一叶舟?

77. 慕　荷

做人当举印天荷，
不厌沉塘观春秋。
荷叶戏珠风雨颂，
且把日月著风流。

78. 编撰《黄氏圈论秘笈》有感[①]

荡涤名利客,
剪除狭隘死。
慎终追弘毅,
卓尔不凡者。

[①] 谨记2018年心路历程,历经年余终勘刊成,勉我坚毅前行,勿忘初心,切切。

79.《黄氏圈论》赋

始祖峭山，唐末五代。

文韬武略，工部仕郎。

弘毅挂冠，归隐闽邵。

济世安邦，和平书院。

焚膏继晷，往圣绝学。

黄氏圈论，独步学林。

天地八字，中生万物。

生命八字，万物归中。

天地人道，兵武医杂。

夙笈国传，天下一脉。

80. 筑　巢

雄鸡一唱昆明早,
农夫起床随鸡叫。
春燕衔泥筑卧巢,
唯有活水源头来?

81. 融城赋

茫茫寰宇,我居融城。浩浩华夏,我住星辰。吉时移步融城苑,耳闻鸟语花香醉。白翁细语道家风,嬉戏孩童花丛笑。朝夕友歌翩翩舞,回廊古树琴棋阵。夜雨枇杷万家灯,百姓庭院共一春。

今日融城者,长株潭之绿心也。洞庭之国家宛若溪流之大海,察秋毫知天下。故,湖湘兴则天下兴,湘军融则盛世长,可谓国泰则民安。

未来融城者,跨两千之大变局,融古今中外之大成者。秉农耕文明之厚德,顺时代经世之致用。故,智库融城乃家国在肩,矢志敢为天下先,可谓湖湘之灵魂。善融者大,善行者远。天下太平,我责我任。

82. 冬　渔

一曲《满江红》，人生何以忧？
举杯儒释道，会饮五千年。
大大夫，当何为？
痛有哀愁冬至结，今为许？
春来九月九，点滴记心头。
却有悲歌伤楚怀，此战还惧否？
俯看人间何日归，此生能遇否？

83. 冬 至

人生何以忧?

举杯儒释道,会饮五千年。

大丈夫,当何为?

痛有哀愁冬至结,今为许?

点点滴滴记心头。

却有悲歌伤楚怀,此战还惧否?

俯看人间济九州,此生能遇否?

一曲《满江红》,阳春九月九。

84. 猴年记

三杯两斤酒,把酒问屈原?
岳阳楼上几君子,上下真求索?
五更守长城,拔剑赠英雄。
多少边关奇儿郎,胆敢天下平。

85. 中国永兴摩崖石刻《金刚经》赋

茫茫寰宇，浩浩苍穹。佛道宏深，以慈悲而利物，以智慧而觉人。超万有而独尊，历数劫而不衰。先天地而不见其始，后天地而不见其终。

金刚经者，说自释迦，来自舍卫，译自鸠摩。发三乘之奥旨，启万法之玄微。诸佛传心之秘，大乘阐道之宗，被奉为诸佛之智母、菩萨之慧父、众圣之所依。

故弘扬佛法，首应弘扬此经。然，经因人明，世以经传。缣帛易销，金石难灭。刻经于崖，以广流传，使之经久不朽，永世留存。摩崖石刻，当壁而观，可以称颂，可以礼敬。见之者如仰日月于中天，悟之者若探宝珠于沧海，岂不伟哉善哉！

故，南北朝时，有《金刚经》刻于泰山经石峪。石如平台，字皆经尺，书法精湛，对后世影响甚大，不愧是文化之瑰宝，国家级文物。其原刻占地三千平方米，两千五百余字，现存一千零六十七字。原刻不全，后又遭损，令人惜憾。

今，国运昌隆，佛教兴盛。为弘扬佛法，了却泰山石刻之憾，成就佛门巨制，经佛祖点化，广大信众发起，佛门弟子发愿，众多居士参与，将在永兴龙王岭崖壁完整刻制《金刚经》。

湖南之永兴，人文兴盛，山清水秀，风光旖旎，名寺古刹，坦洞青峰，生态奇异。镶漓江之韵，具三峡之风，揽张家界之景，聚九寨沟之奇。百里便江犹如百里画廊，丹霞地貌更兼坦洞绝壁，可谓景冠中华。

宗教文化源远流长，寺观与山水、坦洞完美结合，堪称宗教建筑奇观。有汉代三侯祠、唐代观音岩、宋代龙华寺、明代大明寺等寺院一百零八处。

无量寿佛化身释传真在此落发受戒，唐代文豪韩愈驻足挥毫泼墨，明代地理学家徐霞客在此探幽揽胜，明末清初哲学家王船山来此游历唱和，开国大将黄克诚也诞生于此。

永兴，有全国最大的丹霞坦洞群，有代表中国银都之盛名的中国白银第一楼，有被誉为天下第一缝的一线天，有韩愈亲书制刻的侍郎坦摩崖石刻，有无量寿佛释传真亲手种植的千年古樟，还有被誉为湘南第一村的板梁古村。真不愧是人杰地灵，俊秀汇聚。

晨钟暮鼓，惊醒世间名利客；佛号经声，唤回苦海迷路人。欲入无为海，须乘般若舟。

永兴《金刚经》石刻，气势宏伟，光洁平坦，切面宛如神仙晒布，远观酷似奥运鸟巢。如此天工开物，堪称造化神奇。工程规模宏大，设计精妙庄严，计划三年告成。

金刚经全篇五千一百七十六字，将悉数刻制于一万两千余平方米之崖壁，字体最大者高三米，最小者高一米，必成惊世之作，流世之作，造福之作。人谓："永兴《金刚经》，中国大手笔，世界吉尼斯。"

然一字一刻，必借檀那之力。捐款刻经，上慰先祖，下庇远孙，功德无量！广种福田，受福消灾，善因佳果，彪炳千秋！恳望海内外大德信士，社会贤达，慷慨捐助，共襄善举，同沾法益！

（2014年应郴州市永兴县人民政府之邀而作。特别鸣谢团队成员张大旗、付爱春、李稳华、彭利民、黄建军、钟伟等）

86. 长宁雄起

晓月当钩，雾朦胧，潇湘农夫望蜀陇，长宁当安否！

泰山浦醉，岷江愁，阿弥岭上暮钟沉，愿佛慈悲长安宁。

87. 屈原九章

一

春秋无战事,
争胜百家书。
楚虽存三户,
亡秦屈原魂。

二

九章孤魂傲,
何须贿江湖?
水长芷兰颂,
汨罗令四海。

三

清浊本自然,
江湖多烦恼。
国风好色远,
小雅怨诽然。

四

千年如梦坠,
楚圣归碑林。
多少假古文,
借酒战离骚。

五

五屈瑕食楚,
重荡建平原。
监察诸侯疑,
三闾昭怀王。

六

遭遭犹忧注,
引经盖世尊。
逸说是非邪,
靳尚妒贤潛。

七

传楚至唐声,
九江被公能。
蝉浮游秽外,
岂与日月争。

八

县北带汨水,
水源出豫章。
屈原自沉处,
万古弊浊清。

九

德合天地高,
饮秋佩玉爵。
今有春秋忧,
余名正则兮?

88. 吾一日三笋

鸡鸣三笋禅封累,
最解顽石寒心味?
白塔红尘觅天葬,
梅里雪山待谁归?

89. 磨镜台

转身一片哀鸿声,
朱雀回笼青龙啸。
昨夜冬笋听樵夫,
扶摇直上九万里。

90. 易经之鸡卦考[①]

今日三更起,
穿越滇国史。
易经多少谜,
世间鸡卦起。

恍惚日中正,
沽酒邀先人。
八卦万历沉,
鸡卦始乾坤。

[①] 2019年5月1日,拜访云南省文史研究馆馆员、云南中华文明研究会会长、原《云南政协报社》总编辑、《云南文史》主编、第十三届世界易经大会唯一金奖《中国文明起源——从1.7万年前到春秋战国的易学模式》学术论文作者黄懿陆先生。辞别之际,得先生厚爱,受赠《云南史前史》和散文集《青春忆旧》两本著作,沉甸甸情真真,甚谢。

91. 莲花颂

明月清风徐,
来者达摩颂。
一花五叶开,
真空妙用禅。

晨香读坛经,
莫名思无邪。
来生无住相,
存事为哪般。

莲花非菩提,
菩提即烦恼。
浮云非虚云,
虚云即明镜。

92. 致七七抗日的英魂

潇湘风雨连五洲,
血染山河浸孤胆。
百年一梦觉醒日,
又闻战马撕心裂?

多少英灵守长城,
隔洋已是獠牙铮。
不学霸王沽名誉,
商女哪知亡国愁?

今又操戈观围棋,
一网黑白事无常。
日月无为止语堂,
东唐何修大同哉?

93. 西南联大[①]

悲秋菜市口,
曾有横刀笑。
国破春城在,
八千守夜人。

[①] 我常追忆伍老的西南联大,那时有李公朴,有闻一多。八年时间让联大拒绝涅槃,一座圣殿需要全世界顶礼。封存在永远记忆的空间里,苦难才是西南联大的作品。

94. 中国品牌日《广州宣言》

丁酉吉日，天下品牌人齐聚千年商都。羊城五月，天下品牌人欢庆品牌生日。曾几何时，车同轨、文同书，四大发明功在千秋。然，近世发明多出欧美，品牌林立誉满全球。事改革开放之日，乃品牌肇启之始。今，品牌之春旭日东升，品牌方阵三生万物。

品牌洞察天下品牌之道，创此生态影响力传媒。颂扬中国品牌建设之大业，记录品牌践行之大家。滴水汇海，终迎举世公认。华为、方太、格力、盛邦，国家名片，光耀全球。华夏中国梦，浩浩丝绸路。国之重器四维方鼎，盛世文明品牌当立。

95. 赏 月

明月本无价,
夜深情更真。
多少孤寒人,
唯有明月陪。

96. 观　海

生起潮涌当独立，
人生豪迈非功名。

大丈夫审日月，
横而熬古今。

97. 如梦令·金顶

　　昆明阴，金顶铸，无语听鸟鸣。吴三桂，只为红颜博一笑，却把大义忘春楼。草木常在，多少豪杰随风去。循道自然潇湘客，守南疆，多少功名留后人？大丈夫何须恋红尘。

98. 自　勉

诗书有意觅人杰，
世事洞察诗自狂。
古今中外知音在，
宛若星辰照未来。

北斗诗选·旌察

(第二卷)

1. 致冰山的雪灵芝

美美的你远远看,
像云又像井,
变幻无穷又源源不断。

笼罩了我,
全部的忧伤和向往。
采撷的笛声,
被凹凸的乡道敲碎。

只有幼稚的飞泉,
还在欢唱,
永远粗糙的艺术。

是谁在海上挖掘甘泉?
是谁在沙漠里寻觅灵芝?
只有石头才是爱情的化身,
毅然在冰冷的世界守候。

远远看美美的你，

像井又像云，

源源不断又变化无穷。

2. 山道弯弯

一

砍柴的土路好多弯,
爬了一座山还有山。
走到了天边还有路,
山的尽头还是山,
路的尽头还是路。
为什么走过的路,
还有那么多的弯?

二

老伯用树杈背起的蜜窝,
让熟悉的陌生再次感动。
像版画一样雕刻着沧桑,
让埋藏的童真再次萌动;
像油画一样浇注着容颜,
让流淌的血液再次喷薄。

三

日子从来不会落幕,

铿锵的脚步那么合韵。

不知道是大地的回馈,

还是歌者刻满乡愁的大山,

为悦耳的脚步沉醉。

洒一路的汗水,

留一路的乡音,

唤起路人快快归。

3. 解甲归田

今夜的寒露为谁归?
层林不尽染,
渔翁递溪归。

今夜的寒露为谁归?
不了,不了,
何日空篑回?

今夜的寒露为谁归?
红脸的橘子,
白皮的灯。

今夜的寒露为谁归?
横披的袈裟,
春一笑秋就到。

今夜的寒露为谁归?
天山的故事,

海南的琴,

只有阿里山的姑娘,

知道等谁归。

4. 西晋古寺

沉浮功名自此过，
从来沉默无喜忧。

问千年学府去去，
求西晋古寺来来。

寻八大云观空空，
本来无事生烦恼，
何惧功德浪虚名。

5. 枫丹白露

在路上,
人在旅途快马珠江,
晨东莞,午广州,夜深圳。
一到酒店倒头入睡,
只是奇怪,
为什么一到这个点,
我就准时醒来。

6. 台湾行之日月潭

天地一滴泪,
海峡一座坟。
两岸皆兄弟,
天涯照归程。

7. 乌发 白发

一

1994年,
我是满头乌发,
母亲满头乌发,
父亲满头乌发。

二

1994年,
我背着行囊,
向陌生的地方出发。
离开黄甲洞走过三望坪,
集上界石过宜章到郴州。
第一次挤上绿皮火车,
在熙熙攘攘的车站上,
奔波在拥挤的未来。
窗外的山水在忐忑中震荡,
一路憧憬来到长沙。

三

1994年,

伯父在长沙市十五中当校长,

有些白发却执着传道、授业、解惑。

横跨湘江、五一路、火车站再转车,

父亲把我带到伯父家,

伯父把我带到另一个世界。

四

2017年,

大伯父满头白发,

二伯父满头银发,

我也发现了白发。

五

如果时光可以倒流,

我真的选择,真的愿意,

母亲的头发是乌黑的,

父亲的头发是乌黑的,

伯父的头发是乌黑的。

(丙申冬祝伯母生日快乐!愚侄)

8. 珠海之珠

海之心，
岛相恋，
阿妹的椰子，
美如玉。

海之角，
鼓浪屿，
阿哥的海螺，
烈如酒。

珠海呀，珠海，
你何时去上海？
温酒送儿郎。

9. 故 乡

老家还是小时候的样子,
红砖、灰瓦、木门、木窗,
长着嫩芽的篱笆守着屋场。

故乡不是童年的样子,
石板、石基、石门槽不见了,
山里人披着星星挑着白露的双抢,
变成了秋天的落叶。

山泉在石头缝里歌唱,
霞光冲刺的竹林后面,
稻穗在沉默中染黄。

古老的村庄呀,
是不是与我浪迹天涯,
把梦里的故乡播种在天涯?

10. 南海底的铜官瓷

我曾经漂洋过海，
带着燃烧后的激情。
从铜官出发，
为了南洋点土成金的希望。
远方的贵族和平民，
一日三餐把我执掌，
浓缩成满舱满船的故事。

多少风浪收藏海底的故事，
多少海碗珍藏古老的湘音，
多少湘愁，多少港口，
瓷化在洞藏中的记忆里。

11. 海碗吃茶

雾蒙蒙,

天下忧,

白龙马上念九州岛;

雨潇潇,

风雨舟,

白玉堂下炖春秋。

12. 生命的跑场[①]

拈花万里谁不奔腾？
儒曰，天行健，
君子当自强不息。

伯乐常笑巧遇马群，
道云，一生二，
二生三，三生万物。

南强在南方，
我却选择悬崖上奔跑，
不为绚丽的刀刃添雪，
只为站在巅峰看看风景。

谁没有自己的故乡，
让翅膀选择天涯归程，
江山如酒许我千年不醉。

---

① 访九江村有感口占，借路惜赤兔。

13. 觅　曦

昨夜误入诗坛,
引来无数感慨。
爱也愁愁,恨亦悠悠,
谁还在午夜,
清唱幼稚的童贞?

昨夜潜逃诗的故乡,
那些狂野的山道,
长满了荆条。
疏也傲慢,密也轻佻,
我不知道深山的野花,
是否守住古老的贞操?

昨夜误读诗坛,
无数的虚名,
像赶集的路人奔跑。
这也争名,那也争利,
我不知道诗行的店铺里,

是否还有鲜血熬成的墨汁,
书写筚路蓝缕的征程?

可今夜让我无眠,
只为了几颗看不见的星星,
和千里以外的稻田,
听见老水牛熟悉的声音。

14. 立春之花[①]

生命的种子,

冰封在千年的雪国。

那冰清玉洁的黎明,

是种子发芽的声音。

只有恋爱中的女人,

才能听到破土的声音。

三十六年一个轮回,

那是雪国的公元。

三十六年的沉默,

只为绽放一世的喜马拉雅山。

恭请下一个轮回,

让世界绽放爱的乐章。

---

① 此花系好友徐浩然兄所拍。2016年8月6日开在喜马拉雅山旁,36年开一次叫立春花,也叫幸运花,看到此花的人是幸运的人。

15. 如是我闻

一

南无五台山文殊菩萨,

南无五台山文殊菩萨,

南无五台山文殊菩萨。

二

如是我闻,如如不动,

天下何其大草木喜相融。

如是我闻,功名不动,

天下何其福玉石本一体。

如是我闻,生死不动,

天下何其祸福一念间。

三

风云天上启,万马奔前程。

如是我闻哉,众生度佛门。

祥云降天下,大爱在人间。

江山忘人间,豪杰负平生。

16. 破土的奇迹[1]

春天来了,
藏着冬雷的气息,
虚怀若谷。

夏天来了,
带着向上的力量,
旭日东升。

看着同窗发的照片,
我像一颗春天的竹笋,
穿越所有的阻碍,
踩着春雨的节奏。
谢谢成长的蓑衣,
让我与风雨同行。

---

[1] 感谢好友邹平林在微信群晒出大学时期的照片,我记得那天是我们师大文学社团和中南大学的青苹果文学社联谊。社长是中南地质勘测系的哥们,甘肃人,如今在哪呢?甚念颇为怀旧。

我就是一棵竹子,
向往着肥沃的土地。
那里才是我成长的记忆,
猛回首,童贞雨如故;
山竹节节涛声阵阵,
哥依然如故。
往事如烟随风去,
夜半竹海拔节高。
梦里都言那时乐,
南柯醒来不惑年。

17. 湘军水师[①]

准山寺，金口营，
一群楚魂的后裔。
寻找湘军当年的弓箭，
那无声的石堤见证，
耻辱又悲壮的中山舰。
长江淘尽的故事，
谁在听？

空心的白果树，
还在守望千年的悲凉。
热血浇灌的石碑，
习惯了长江有雨又有雾。
军魂日落东逝水，
沧桑还在天谁问？

---

① 访武汉长庭陶瓷博物馆，凭吊湘军水师驻地遗址，观中山舰博物馆，察中山舰炸沉处。千年白果树方知泥瓦箸，何日湘魂请归来。

18. 都市牧马

借一篓阳光到武汉,
沥干汉正街的热干面,
老武汉人的口味不一般。

带一坛长沙古井,
集醉那八百里的酒鬼,
勾兑武汉三镇,
让黄鹤楼翱翔九州岛。

没有知音的武汉,
千年的龟蛇和飞走的黄鹤,
还会约否?
在去武汉的大路上,
问候一声滚滚长江水。

19. 春　潮

露珠选择奔腾的江河,
灵魂追赶江河的波涛。
阳光吻过的青苔,
悬挂在瀑布旁的古树上。
牛犊勾勒禅境的青山,
物化成忘我的秘境。
如此一切,一切如此,
亦静亦境,自然不见。

20. 秋斋品书

今天，雨大，正好闭门读书。

沉醉《天下：包纳四夷的中国》里，

竟然废寝忘食夜幕知坠。

寒窗边上的翠竹沙沙哑笛，

一声希语心儿醉。

天下知否又知否，

为什么会无故沉默五千年？

天下何平？

君子又该何作为？

君不见打更声声时时警，

君子不立危城下。

21. 莽山那棵树

又是一年三月三，
北京的姑娘到湘南。
云雾笼罩访莽山，
欢迎远方的来宾。

春天的赞歌，
载着《幸福赞歌》的父亲。
来到将军寨海选，
寻找灵芝一样的莽山谣。
这里的石头会唱歌，
这里的灵芝不寂寞。

我却被一棵树迷住，
骄傲地高耸在路边。
暴露的树根和青翠的绿叶，
被三寸树皮撑着，
像禅一样欢喜路人，
生命的尊严和爱的力量。

又是一个莽山的春天，
把天地的精华捣碎。
让白云滋润蝶恋的神奇，
诉说古老的传说。

22. 土砖土瓦

故乡的黄土从来沉默,
无数的灰瓦从来沉默,
无数的瓦窑从来沉默。

泥瓦害怕春雨忠言,
青瓦恐惧寒风逆耳。
那站岗的青瓦像部队一样,
从来沉默。

泥瓦喜欢太阳拥抱,
青瓦沉醉月亮亲吻。
那出窑的泥瓦像顽童一样,
只有锤炼方可成器,
只有高温方可再塑。

屋檐下的欢歌笑语,
这片瓦连着万里长城。

这个兵守着长城万里,

让遥想沉默。

23. 鸟　巢

有一种孤独狂野地生长，
城市像烤全羊身上点缀的葱花，
印点春天的记忆。

归巢的鸟儿在夕阳下裸游，
这里没有敌人，也没有猎人，
鸟、人可以鸟一样地生活。

路边的鸟巢是都市的祠堂，
可以有遗址，也可以拒绝记忆，
昔日的鸿儒可以鸟一样地生活。

路边的鸟巢在廉溪故里觅食，
可以有自卑亭，也可以有藏经楼，
昔日的儿郎可以鸟一样地成长。

路边的鸟巢像今日的地球，

可以有森林,还可以有海洋,

可是他的家园又在何方?

24. 父 亲

父亲有很多称呼：
在中华人民共和国的户籍里，
父亲的名字称义雨；
在我们六兄妹心中，
父亲的名字像《论语》；
在我们老黄家心中，
父亲的名字如《道德经》；
在妈妈的心中，
父亲的名字叫《六祖坛经》；
在仁泽辈的心中，
父亲的名字尊为《资治通鉴》；
在同辈亲友的心中，
父亲的名字则如春夏秋冬。
父亲很平凡，一介农夫；
父亲很可爱，一生辛劳；
父亲很特别，一世勤俭。
父亲就是我的活《字典》，

有问必答,无求也应。

(丙申春,愚儿写给父亲的信,此致敬礼)

25. 书 房

我在冰天雪地里，
思念我的书房。
像天涯的游子思念故乡一样，
纯洁干蒸着冰与火。

在曲径通幽的书房里，
思念我的知音。
像高山思念流水一样，
欢快、开心，
蓝墨水记忆中的守望。

在六道轮回的时空里，
思念我的姑娘。
那位在奈河桥上，
拒绝忘情水的姑娘，
重回人间，
再谱一曲天上人间。

26. 我的边城

一个人的边城,
是父亲的家园。
千年前的茶峒里,
已经种满了希望。

一个人的边城,
是母亲的菜园。
千年前的老村寨,
已经长满了秋天。

一个人的边城,
是沈从文的边城。
借三江水冲刷远征的疲惫,
让灵魂可以安息的边城。

27. 生命的赞歌

姜来的力量,
让我感动。
在黑暗中生长,
在雨水中发芽,
在涅槃中重生。
是什么让生命,
如此坚强?

姜来的力量,
如此厚重。
出差回来,
看到盘中君子。
伴攻思考者,
是什么让生命,
如此珍贵?

偶尔下厨,
发现忘在厨房一角的生姜,

居然生根发芽。
看到此物的刹那间,
我被一种莫名的力量感动。
天地间无数的生命,
无不向上表达生命的意义。
也许,
此君给了我无相的布道,
让浮萍般的过客,
回向生命的真谛。

28. 问 天

你是早餐吗?
不是。

你是天地的精灵吗?
不是。

你是日月路漫漫者吗?
不是。

你是加持百味来者吗?
不是。

你在世间修得百年共船渡吗?
不是。

29. 雪　莲

有一位文化的殉道者，
化身汨罗江，
以王道的使命耕耘国魂。

有一位贵族的流浪汉，
心忧天下，
捐一腔热血点燃天下寒士。

有一位七尺男人，
身无分文，
用八项注意谱写一个世界。

（丁酉端午念屈大夫作于越秀书房）

30. 万胜围

一个地名,
四个兄弟。

一个平台,
三个维度。

一张名片,
成长、见证、荣耀。

31. 夜遇边城

我不知道从文先生,
当年过茶峒的状遇。
路过边城有多少回,
才写出边城。

我来时深夜到访,
边城鸡不鸣狗不叫。
静静地守候翠翠岛,
天不管,
地不管,
人不管。

义渡船偎依在翠翠岛旁,
等待着沈从文的到来。
一个刀起刀落的男人,
天不管,
地不管,
人不管。

32. 陀　江

没有源的江，
没有尾的水，
任凭潮涨潮落。

没有灯的夜，
没有星的辰，
任凭人来人往。

没有船的河，
没有桥的路，
任凭云卷云舒。

33. 五 四

路过昨天,
那些经得起岁月的记忆,
铸造青春。

记录今天,
这些考验未来的选择,
钟爱青春。

梦想明天,
彼岸花开的季节,
总想播种青春。

34. 夜宴之一

有时候思念比美食更具像,
比如平话圈发来乡音,
把我们直接搞醉。

有时候反向的追求亦会醉,
此醉非彼醉而陷漫漫长夜。
从来没有青葱的故事妩媚,
带着童年的记忆复苏故乡。

有时候心灵上的牵挂如夜,
让万物静心而心止又如玉。
不是未时未刻而是你我间,
陶醉一锅慈母掌厨的音乐,
让故乡的山山水水如梦烟。

35. 夜宴之二

还有谁知道,
一百人做事,
九十九人吃饭的故事?

还有谁知道,
九十九步楼梯上的赤石,
有吕洞宾的传说?

还有谁知道,
脚下的乡愁,
被余光中一一打捞?

36. 夜宴之三

我站在这里，
抚摸岁月的皱纹，
远行的学子守候，
念想。

我坐在这边，
习惯的乡音响起，
伴随着春天落叶，
回归。

我躺在这里，
年轻的记忆，
没齿的岁月，
朗诵。

37. 水

都说你上善若水,
那是人间的比喻,
我只是醒来运动。

都说你藏污纳垢,
那是偏执的片面,
我只是不忍孤独。

都说你海纳百川,
那是哲学的虚伪,
我只是不忘童心。

38. 根

两个奇人,
郴之州隆中对,
我本是山野一农夫。

树之根南山睡,
我本是云游一贫僧。

人之初何所归,
我本是宇宙一尘微。

39. 三千里

我生了两千年,
我在大地上开怀两千年,
看花开花落。

我死了两千年,
我在河床底闭目两千年,
听云卷云舒。

我醒了两千年,
我在人世间行走两千年。
念今世今缘,
爱上木鱼声声。

40. 轮　回

我只是两千岁,

从来不沉默,

一直在寻找懂我的那一位。

我只是两千岁,

从来不蹉跎,

一直在寻找度我的那一位。

我只是两千岁,

从来不疲惫,

一直在寻找梦我的那一位。

41. 朽木亦可雕

一千零一夜的背后,

有位两千多岁的长者,

牙床脱干,

皮肤碳化,

黑白分明,

把岁月私藏在缘木的故乡,

让他见证轮回的力量。

源木生羽,

一位两千多岁的长者,

用沉默讲述,

收藏阳光,

耕耘岁月,

收割理想,

劲爆木鱼的传奇。

两个奇人,

用哲学当干粮,

赡养一位两千多岁的长者，

它把金子消化在血液里，

等待盛世轮回，

歌唱着黑夜的魅力。

42. 杀贼捉鬼诗

西来意，西来意，
两脚一蹬双眼闭。
阿罗汉，杀贼也，
贼，贼，
寒山拾得好慈悲。

东来袭，东来袭，
双臂一挥两心去。
秦俑侠，捉鬼啊，
鬼，鬼，
秦岭守着始皇睡。

43. 民族的脊梁

有一群人很多很多的人,
他们就是我们的前辈。
在国家危难的时候,
用身躯守卫脚下的每一寸土地,
巩防头上的每一寸天空。

当一切成为回忆的时候,
他们又回到了百姓群中。
撸起袖子纵横汗水浇灌,
祖祖辈辈耕耘过的热土。
九旬如你还是钢铁一样,
傲立人间平淡如山一般,
声如洪钟朴素如水一泉。

他们离开我们的时候,
不会离开这块热土,
魂归故里,咏之敬之。

(丁酉年纪念抗战老兵黄刚英雄)

44. 怀念伍大希先生[①]

老子走了,
带着旷世绝学,
骑着暮归的老牛,
无极而太极。

孔子走了,
驱赶三千弟子,
韦编三绝,
成仁而成圣。

伍大希走了,
用血书最后一次演讲,
胸怀百年国与家,
一生而三生。

---

① 伍老是我的恩师。又一个教师节到来之际,深切怀念先生。感恩先生对弟子治学处世不遗余力悉心教诲。如今与先生阴阳两界再无希音,甚念。

45. 秋天的荷花

假如我明天离开这个世界，
我最后要做的事是什么？
活着终究为了什么？

假如我马上离开这个世界，
我最后思念的人是谁？
死去又当什么样的力量？

假如我已告别了这个世界，
我又该哪里前行？
灵魂的归宿又在哪里？

46. 向日葵

我把梵高的《向日葵》,
移植在阳台的花盘,
那隔着玻璃的呐喊,
敲碎了画家的灵魂。

我把屈原的《离骚》,
移驾到印度的恒河,
那里佛陀的新道场,
至今还在慈悲众生。

纵横四海的乡音呀,
在南腔北调中颤抖,
怎奈何泰山和北斗,
就是坚守百鸟朝峰!

47. 致品牌人

有一群人没日又没夜,
像疯子又像诗人,
总把财富和荣耀,
送给别人。

有一群人一年又一年,
似母亲又似父亲,
总把创意和希望,
送给别人。

有一群人一代又一代,
拜老子又拜孙子,
总把格局和韬略,
送给别人。

48. 中国甲子 2017 年

面对红旗,
一个甲子的守望,
一个湖南人的誓言,
敢教日月换新天。

点燃长明灯,
一生的感恩,
一个满崽的忏悔,
百年父子断肠归。

江夏男儿立纲常,
信程登马往异乡,
日久他乡即故乡,
修平独善养天和。

49. 九牧山[①]

山之高于石磊，
水之深于洞渊。
人之和于善根，
天之真于九维。

[①] 读《黄家医圈》有感，晨钟洞见，开卷有悟。

50. 胜利堂

沿着生命的朝阳,
请把春城的阳光集合,
寄给我冰冻的故乡。

拜我医道的先人,
叩首黄帝、神农、孙思邈……
让大国医道薪火相传。

医者爱人,仁心医术,
唯愿疾苦从始终,
让生命健康朝朝暮暮。

东方哲学上医治国,
遵循天人合一,
为万世开太平,
愿天下无患者。

51. 未来已来

未来已来,
告别心爱的姑娘。
我要奔向,
祥云纷飞的七彩云南。
只为那千年的火种,
重新点燃不灭的目光。

没有爱人的拥抱,
没有娇妻的热吻,
我又要匆匆离巢,
奔跑只为筑梦。

52. 牧 春

老牛、石板和犁耙,
三声报雨天,
点点在井边,
万物一河春。

老伯、蓑衣、竹林鞭,
四海夜雨声,
滴滴答答的冬雷,
江山耕新田。

胜游海上夜虹桥,
那有宜春南国归,
又是声声袁州园,
还是春归盼举杯。

53. 今夜子时

来时脚步的节奏,
昆明的大门在哪里?

来时呼吸的节奏,
云南的歌谣在哪里?

来时憧憬的节奏,
泸沽湖的姑娘在哪里?

来时普洱的节奏,
茶山上的驮马在哪里?

来时大理的节奏,
古寨上的弓箭在哪里?

54. 宜 春

我看到一群飘荡的鱼,
飞向一棵棵花开的树枝。
盛满鱼子的枫树背着阳光,
守候人类没有记忆的轮回,
让鱼子重新回到西藏高原。

让鱼儿回到自己的世界里,
像母亲热爱孩子一样自然。
让鱼儿拒绝夏天和秋天,
留住火山一样的激情。

55. 轮　回

没有谁清楚，
生命的轮回，
和爱的归宿。

没有谁明白，
生活的密码，
和大自然的秘密。

没有谁知道，
生活的轨道，
和通向世界的隧道。

56. 回到拉萨

回到拉萨,
重新发现泥土的芳香,
告别尘世的风月,
关门才是乐土。

回到拉萨,
重新听闻禅定的自在,
告别宣泄的烦恼,
静心才是归宿。

回到拉萨,
神交书院的戒尺,
告别方圆的规矩,
自在才是生活。

57. 观自在 ①

余九失察,何日观自在?
回首往日,何时是归程?
夜遇自己,何处居心安?

天地相拥,时时如来佛!
日月明鉴,处处转凡圣!
人和通达,了了道可道!

谁能洞察到自己的背影,
谁能悟透到自己的执着,
谁能禅定到自己的修行?

---

① 重读千年家学:一中八方访世间,再看来生如背影。禅定修行阶如来,一花五叶独乐乐。道似人家转凡处,必有修行沽日月。北斗于滇池书房顺手随笔。

58. 梵 音

公元 2018 年七月,
我在正觉净吃茶,
大悲咒绕梁三弦,
观自在静守千年。

公元 1018 年七月,
我在南诏殿品酒,
金刚经守唐护宋,
长明灯静守千年。

公元 3018 年七月,
我在终南山闻香,
天地人一座卧佛,
北斗星静守千年。

59. 大国医道

我总是在路上,
心却比脚走得更远。
路的尽头,
才是薪的开始。

我总是在路上,
心却比花开得更香。
山花零落,
才是生命的开始。

我总是在路上,
走着吃饭走着睡觉。
有一条看不见的路,
却比路更长远。

60. 冬天的鱼子

鱼子原来住在高山之上,
我是一颗上古的小鱼子,
自然要游向大漠和高山。

鱼子原来住在高山之上,
请阳光温柔地把我晒干,
让我与黄土和坚石为伍。

鱼子原来住在高山之上,
等待沧海桑田重新选择,
让我纵横四海化为游鱼。

鱼子原来住在高山之上,
化石才是感化山顶圆通,
无住无相无常戒慧定禅。

61. 母 亲

农历七月初三,
陪母亲岳麓山散步。

我把生日忘了,
那是不愿回忆,
所有的快乐源自母亲。

我把生活忘了,
那是不愿回首,
所有的幸福来源母亲。

我把生命忘了,
那是不愿回家,
所有的灵魂敬颂母亲!

62. 自卑亭

不知道从何时开始,
岳麓山和自卑亭,
成了我心中的圣殿。
在特殊的日子里,
我会虔诚地跪在青石板上,
接受千年的道统。

子时午夜千里之外,
我都能清楚地听到,
朱张会讲的争鸣,
南楚的朗朗读书声。

自卑亭是一道坎,
我该如何迈过这道坎,
成为千年学府的门徒,
成为千年不变的门徒?

来时我不畏高山仰止,

走时我不图青史留名。

我想跨过这道坎,
成为岳麓书院的一块砖,
成为时务学堂的一片瓦。
我就愿听闽湘的方言,
做一个天地之间的人。

63. 怀念胡隧先生

你泼墨千年,铁血三卷,
引来神斧鬼工南楚师道,
你又何成会孤独寂寞?

你扬儒释道,五岳笃尊,
引来朱张会讲南脉正道,
你又何成会功名利禄?

你往圣绝学,天下大同,
引来唯楚有材于斯为盛,
你又何成会慎终追远?

(惊闻胡隧先生驾鹤西去,悲哉,痛哉。弟子叩首挽撰。)

64. 在路上

我总是在山路上,
一直追问大山是怎样走来?

我总是在阳光下,
一直追问阳光是怎样走来?

我总是在天地间,
一直追问人是怎样修炼?

65. 千年铁马

千年前的汗血宝马,
奔跑在海上丝绸路,
沿着海岸拥抱世界。

千年前的铁血宝马,
奔跑在陆上丝绸路,
沿着秦道拥抱人间。

千年前的汗血宝马,
奔跑在时空丝绸路,
沿着岁月超越时空。

66. 五四运动

她怀孕了五千年,
他生长了五千年,
诸子百家的炉火锻造了,
一个年轻人。

他不是陈胜吴广,
她不是三寸金莲,
却用怒火焚烧了赵家楼,
用怒火焚烧了百年的胆怯。

五四是一把辣椒,
让国人的眼泪洗净哀愁,
两千年的变局,
就这样无意间点燃。

67. 致山泉[①]

一担干柴，一捆茅草，
饮着青石板的井水，
滋润着面朝黄土，
背朝天的乡亲们。

田间地头房前屋后，
斜风细雨蓑衣斗笠，
一垄稻田，几丘黄土，
在扁担和筐瓢之间，
吱呀着丰收与希望。

[①] 五一节，致我的父老乡亲。

68. 朝　圣

我抱一块石头，
不是去朝圣，
不是去奠基，
不是建房子，
只为人生归宿，
有一个遗忘的理由。

我抱一块石头，
不是去治印，
不是去赌玉，
不是建祭坛，
只为流水做证，
穿石的力量。

69. 建　水

我又梦见一方古桥，
再登建水镇南城楼，
瞰览南来北往路人。

五蕴照见大地芦升，
石桥天一半地一半，
风来不动雨来不动。

站着也是卧着也是，
从日出到月落沉默，
自圣在平淡岁月中。

70. 常　住

岳麓山，古道旁，
摄像头让小燕子一家，
叠加另类的融合，
有爱情，着诗篇。

麓山寺，古亭边，
方形的桌脚让木耳一家，
咏颂沧海桑田的细节，
绝处逢生，天地慎独。

劳燕爱巢的大胆，
是无奈的选择，
还是与时俱进的开技？

鹤咽依庐是树木的青春，
哪怕是砍断、晒干、做成桌子，
遇到了爱情也要发芽生长，

用木耳的灵魂寄生，

生命的再一次轮回。

71. 夫妻树

棕树从来不会沉默,
一直等着爱的种子,
满身的欢喜满眼盼,
爱情的种子快快来。

榕树从来不会沉默,
即使是在大街小巷,
从不隐讳热爱生活,
高调展示爱情宣言。

从此棕树的世界里,
有榕树深爱的拥抱,
从此榕树再不孤单,
日日夜夜永不分离。

72. 赤石洞

故乡是一棵树,
根长在游子心里,
叶长在游子眼里,
果长在游子耳里。

故乡是一方土,
春天让游子播种,
夏天让游子挥汗,
秋天让游子收割,
冬天让游子积肥。

故乡是一群山,
四季有风的问候,
朝夕有露的温柔,
白天有泉的滋润,
黑夜有山的守卫。

那红色的石头,

亿兆年的时光里打造了,

我们那山那水的家园。

故乡长在心里,

看不见时想,

看得见更想。

73. 耕 牛

小时候老水牛,
是家里不开口的家人,
它知道所有的水田,
它清楚所有的季节,
它熟悉所有的山坳。

一年四季老水牛,
喜欢后山上的冬茅草,
喜欢石板路边的冬茅草,
喜欢土砖房边的冬茅草,
喜欢山泉溪边的冬茅草,
喜欢菜园子边的冬茅草,
方圆几十里老牛都认得。

那一栋栋的砖呀,瓦呀,
是老水牛踩出来的;
禾坪里晒满的谷子,
是老水牛犁出来的;

那一垛垛的稻草,

是老水牛的胜利品,

也是它的床上用品。

74. 油 画

人生有四季,
我却爱上了残缺的美,
只为告别固守的虚幻。

岁月有五味,
我却爱上了守春的苦,
只为告别执着的虚相。

天地有三界,
我却爱上了般若荷叶,
只为告别彼岸的虚云。

75. 大　理

洱海是水性杨花的世界，
那是段玉与金庸的道场。

洱海是天上人间的眼泪，
那是杨丽萍与孔雀的舞台。

洱海是沧海桑田的故乡，
那是聂耳与国歌的天堂。

76. 丽 江

丽江是一首诗,
只有蜗牛可以发现。

丽江是一幅画,
只有土墙可以完成。

丽江是一盏灯,
只有情人可以看见。

77. 香巴拉

丽江千年的眼泪,
是纳西族人的灵魂,
激情与悲痛纠缠,
隐藏着一个民族神秘的密码。

舞者的表达需求,
为什么那么急切?
是谁在控制孤独,
又是谁在掌管命运?

雪山的爱好很特别,
只有太阳和月亮清楚;
雪山是兴奋还是失落,
只有雪山的子民清楚。

78. 香格里拉

梦回香格里拉，
再走近雪灵芝，
再听空谷绝音。

梦回香格里拉，
访十三姑娘家，
青稞酒和哈达。

梦回香格里拉，
我要去礼佛，
祈祷未来已来。

79. 树　叶

一片树叶悄悄落下，
在一个清晨没有风的时候。
没有人预测命运的下一步，
究竟会发生什么。

在淹没的十字路口，
又该选择什么方向，
真正宰自己的命运。

所有的规律，
你是顺势而为，还是逆势而搏，
却没有人回答规律的因果。

80. 沧　源

沧源的美景,
在阿妹的舞蹈里。
鲁史古墨,
炫醉澜沧江的风情;
镇康永德,
奔腾着大雪山的秘密。

沧源的故事,
在阿哥的酒杯里。
耿马传唱着,
翁丁佤民的忧伤。
还有谁知道,
南滚的头道水酒,
是那么温柔。

昨夜的梦里,
一定又有十里峡谷的米酒,

一定有一位广允寺来的壮汉，
追逐南美草场马背上的姑娘。

81. 长沙火车站

北京到长沙,

是湘江北去的答谢。

韶山到北京,

是万里长城的恭请。

82. 岩塔寨

奇异的莲花长在白鹿角上,
雄鹰穿梭在峭壁崖,
山谷里飘荡着瀑布的激情。

整个峡谷都能听见,
奶奶的大喇叭,
老——满——呀,
回——来——啦,
垭——佛——呀!
快——回——啦!

山寨里的柴门、竹竿、渔网,
屋檐下的红高粱都能听得见,
奶奶的大嗓门。

骑在牛背上的伙伴叫喊着,
冲向后山的竹林里,
有一窝快乐的开始。

83. 龙禅悟道

佛说，如如不动，
那是莲藕坚持修炼的法门。

佛说，万事皆空，
那是莲叶坚持修炼的法门。

佛说，五蕴昭见，
那是莲花坚持修炼的法门。

84. 夜半听涛

偶有夜半听涛声,
到天明。
雾起朦胧,
纱如罩,
恰似秋雨洗边城。

独处江湖观日月,
遇北斗。
四海如沟,
知了久,
犹见满江映乡愁。

85. 出差回来的阳台

看到阳台上的向日葵,
像麻花一样扭曲着生长,
一阵心酸,
仿佛和创业的人一样。
要超越一个世界,
心有宿,
灵无根,
情何属,
若有思。
生命的种子呀,
你应该回到大地,
拥抱阳光和风雨。

86. 悼念慈母

——长相思·痛哭

一炷香，泪汪汪，
九岭俯首人心伤，哭断儿寸肠；
二炷香，断寸肠，
哀哀慈母停净床，从此隔阴阳；
三炷香，隔阴阳，
梦中方能见爹娘，恩情永不忘；
恩不忘，情不忘，
誓将美德代代传，晨夕拜高堂。

87. 长　江（节选）

有谁问过长江的冲动，
又有谁问过长江的年龄，
还有谁知道长江的爱情？

那是九曲回肠的温柔，
那是一泻千里的豪迈，
那是一往情深的等待。

有人说长江是中国的父亲，
有人说黄河是华夏的母亲，
有人说长江是东方的动脉，
有人说黄河是炎黄的静脉。

在那高高隆起的雪域高原，
长江、黄河，还有他们的兄弟，
是天地间一个爹娘的孩子，
他们带着上天的使命而来。

长江所到之处有春夏秋冬，
长江所流淌的地方百花盛开，
长江所滋润的地方百兽向往，
长江所供养的地方万家灯火。

在那些隆起的群山峻岭中，
长江的热情咆哮震天，
让万物永远诚拜上善若水，
荡涤子民身上所有的尘埃。

在那辽阔延绵的大草原上，
长江温柔得静若处女，
她把整个天空照亮，
明月看得见的厚德载物，
让自然的风化魅力人间。

在天地之间，
有一个长江一样的家；
在天地之间，
有一首长江一样的歌；
在天地之间，
有一幅长江一样的画。

88. 唐　朝（节选）

一个人的唐朝是封存高山仰止，
一个人的唐朝惜镜可以正衣冠，
一个人的唐朝修史可以知兴替，
一个人的唐朝鉴察可以明得失。

谁说那是君学可以治国的天书，
谁说那是臣学可以辅政的经书，
谁说那是民学可以齐家的诗书。

唐朝是李白飘逸又放荡的回忆，
唐朝真是杜甫人生失意的轨道，
唐朝是日本师承永志的正册封，
唐朝是今日华夏复兴的重基因。

那是一座巅峰而又清醒的时代，
那是一种文明而又谦卑的时代，
那是一代英雄而又悲壮的时代，
那是一个师说而又争辩的时代。

唐朝只有一个无论曾经多辉煌，
唐朝只有一个无论曾经多伟大，
唐朝只有一个无论曾经多盛世，
唐朝只有一个无法复制的史记。

我要重新回到唐朝，
不是找酒鬼李白酒肆里对饮；
我要重新回到唐朝，
不是去安慰杜甫时运遇不济；
我要重新回到唐朝，
访问唐宗宋主为何稍逊风骚。

89. 洞庭湖（节选）

洞庭湖，余光中的圣地，
那是由蓝墨水汇聚的上游；
洞庭湖，范仲淹的圣地，
那是心忧天下的岳阳楼；
洞庭湖，魏源的圣地，
那是睁眼看世界的《海国图志》。

山之高兮，哀国殇，
出不入兮往不返；
平原忽兮，路超远，
楚辞，楚魂安兮，唯有洞庭敬屈原。

水之长兮，忧庙堂，
乘骐骥以驰骋兮，
来，吾导夫先路，
屈原，屈祠尚在兮，唯有洞庭守终身。

90. 布达拉宫（节选）

我冥想的布达拉宫，
我看见的布达拉宫，
我朝拜的布达拉宫。

是什么力量让雪域高原，
生长出一颗璀璨的明珠？
没有人知道他亲生父母，
没有人知道他无量智慧，
没有人知道他佛法无边。

凡是人不知道的一花，
凡是人不知道的一叶，
都有圣灵在主宰，
都有菩萨在主持，
都有神秘的力量在主管。

信仰的力量比太阳还要热，
信仰的力量比月亮还要亲，

这个佛光普照的灯塔,

它照亮了西藏,

它照亮了中国,

它照亮了世界。

在世界屋脊的巅峰上,

在朝圣的祈祷中,

在体悟的参禅里,

一群跪拜的子民,

把所有的财富敬献给你,

把所有的功德敬献给你,

把所有的智慧敬献给你。

在稀薄的空气里,

告诉你生命的边界;

在寒冷的雪域里,

告诉你生命的温度;

在罪过的世俗里,

告诉你生命的灵魂。

在超越黑暗的迷茫中,

它会开示光明的法门;

在超越功名的迷茫中,

它会布施福田的法门;

在超越红尘的迷茫中,
它会回向莲花的法门。

在风雨中屹立千年的布达拉宫,
在海拔 3700 多米的布达拉宫,
生长出世界奇迹的布达拉宫,
生长出白玛草一样的菩萨,
生长出密集本尊大坛城。

91. 致大姐黄智贤

都说长兄如父，大姐如母，
这句话以前我不太理解。
母亲走了，父亲走了，
我才突然真正地理解。

在我的婚礼上，
大姐像母亲一样拥抱了我，
在我的背上轻轻地拍了三下，
代表我的父亲在祝福，
代表我的母亲在祝福，
代表我的大姐在祝福。

小时候家里姊妹多，
妈妈要操心的事也多，
每天早起妈妈的第一件事，
就是把我绑在姐姐的背上。

那时候在姐姐的背上，

肯定淋过尿淋过屎。
我不知道只大我几岁的姐姐,
是烦恼多,还是快乐多?
转眼几十年,
就这样不知不觉地过去了,
从来没有听姐姐说过。

大姐有父亲的格局,
大姐有母亲的贤惠,
大姐有奶奶的魄力。
她有一种与生俱来的智慧,
为了这个大家庭,
大姐付出了很多很多。
为了我这个小弟,
大姐付出了很多很多。

在大姐面前,
我从来没有说过,
几十年想说没有说出口的话。
大姐,谢谢你!
也要感谢三个哥哥,两个姐姐。

92. 赤 石

借黄峥唱和答词,
告诉北斗慎行之。

吾怀一石,上不唯主,下不唯鬼,
暮年回首,何之相忆?

吾怀一石,左不治印,右不为玉,
曲水流觞,穿石之力。

诗语在兹,远方不远

◎黄仁泽

成长的路上,陆续读着叔父的诗。诗集如青石板组成一样,山一程,水一程,延绵不绝地诉说着,山的那边风景更好!

正式结集出版之前,我近水楼台先得月,通读了整部诗稿。纵览诗选,楚古今中外之鉴,旌天地人伦之察。既有湘儒释道的责任,又有家国、有我的情怀。诗人更多的是湖湘子弟的呼唤与求索。透过这些不经意的文字,我能感受到浓浓的家国情怀、共鸣漫漫求索的成长心路,再遇诗与远方。就如《自卑亭》里对复兴路上撒血祭天的沉思,《如是我闻》中再念初心;又如《都市牧马》里带一坛长沙古井,集醉那八百里的酒鬼。没日又没夜地《致品牌人》,滇池边上《黄氏圈论赋》问道岐黄的担当;还有《父亲》里有问必答无求也应的"字典",《九羽寄蓬勃》里"九江练浮漂,三伏识五谷"的寄语,《夜宴之二》中与余光中打捞脚下的乡愁，都是《在路上》不断的修为和体悟。

这一切，就和《耕牛》在石板路、土砖房、水田、晒禾场的陪伴下，不问春夏秋冬的烙印，珍惜并构建心灵、生活、生命的每一座桥墩。在这里你将读懂远方，会更加坚信远方有诗。

乙亥初冬 于京

后　记

　　谨以此书向薛仰贤先生、伍大希先生、王建国先生、上星下云师父、黄传贵先生敬礼！

　　向我尊敬的毛致用、黄伟民、罗小凡、郑佳明、张宗银、戴海、蔡镇楚、黄桂枢、朱汉民、谭五昌、阎真、毛宣国、黄懿陆、胡汉勋、罗满元、王建雄、马正钧、陈阳波、王冰洁、胡建文、邬家弯、章仙踪、傅冠军、夏忠、穆广菊、汤潮、魏文彬、吴昕孺、任国瑞、周运路、楚子、雷毅、雪马等先生致敬！

　　特别感谢著名书法家、邬体书法传人邬家弯（字宜展，号心堂居士）先生为《北斗诗选》封面题字。

　　特别感谢北京鸿儒文轩文化传播有限公司总经理崔付建先生的辛劳付出。也向我的家人及夫人罗立伟的大力支持和默默付出表达谢忱。

乙亥初冬 于昆明公元书院
2019 年 11 月 9 日